ÉPITRE

A PROPOS DU

COMICE AGRICOLE

DE

MOULINS-ENGILBERT

PAR M. JAUBERT AÎNÉ,

Ancien Notaire, Membre du Conseil Municipal.

A NOS HÔTES !

AUX AGRICULTEURS !

SE TROUVE :

A NEVERS,   A CHATEAU-CHINON,

CHEZ MOREL, LIBRAIRE ;   CHEZ BUTEAU, LIBRAIRE ;

A MOULINS-ENGILBERT,

CHEZ L'AUTEUR.

1858

ÉPITRE

A PROPOS DU

COMICE AGRICOLE

DE

MOULINS-ENGILBERT

PAR M. JAUBERT AÎNE,

Ancien Notaire, Membre du Conseil Municipal.

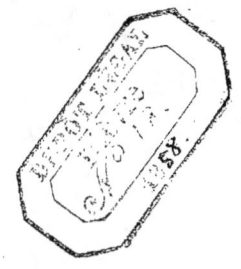

A NOS HÔTES !

AUX AGRICULTEURS !

SE TROUVE :

A NEVERS,	A CHATEAU-CHINON,
CHEZ MOREL, LIBRAIRE ;	CHEZ BUTEAU, LIBRAIRE ;

A MOULINS-ENGILBERT,

CHEZ L'AUTEUR.

—

1858

AU LECTEUR.

Commençons par rendre justice et hommage au zèle intelligent et à l'activité incessante de M. le Sous-Préfet Breynat, et de M. le Maire de la ville de Moulins-Engilbert. En effet, c'est au concours de ces deux honorables magistrats que cette ville est en partie redevable de l'éclat de son comice et de l'ordre qui y a constamment régné.

MM. Auguste Defosse, pharmacien, et Déchaux, ferblantier, rue Notre-Dame ; Souvret, entrepreneur de travaux publics, et Guyochin père, rue de James, ont fait preuve de beaucoup de zèle et de talent dans la confection des portiques ou arcs-de-triomphe ; c'est, au surplus, une justice que tout le monde aimait à leur rendre. Les frais occasionnés par ces embellissements ont été couverts au moyen de souscriptions volontaires entre les habitants de ces deux rues.

MM. Pougault (Louis), et Pouteau, de Château-Chinon, dont on a parlé en termes justes et tout à fait convenables dans un rapport remarquable sous plus d'un titre et publié dans le *Journal de la Nièvre* (16 septembre), ont été parfaitement secondés pour tout ce qui se rattache notamment aux embellissements de la salle de danse, de la manière la plus gracieuse et la plus intelligente, par M. Lapertot, maître de pension, et par M. Béchet, de Paris, que des affaires privées avaient appelé momentanément parmi nous.

M. Buteau, libraire à Château-Chinon, a fait preuve, lui aussi, de talents dans la confection des cartouches, sur lesquels on lisait les noms des cinq cantons qui composent le quatrième arrondissement de la Nièvre.

C'est à M. le marquis d'Espeuilles, sénateur, président du comice, que l'on est redevable du mât de cocâgne et de ses accessoires indispensables, tels que : montre, foulards, etc., etc. ; du feu d'artifice, et de l'excellent orchestre de Nevers, sous la direction de l'habile M. Massé.

On a calculé que le jour du comice la population de Moulins-Engilbert s'était accrue d'au moins six mille âmes, et que les dépenses, ou, pour mieux dire, les mouvements de fonds, avaient dépassé 30,000 fr.

COMICE.

Président, M. le Marquis D'ESPEUILLES, sénateur.

Vice-Président, M. DE CHAMPIGNY.

Secrétaire, M. COCARD, Avocat.

A MON ZOUAVE.

Mon pays avant tout.

Je pensais et j'aimais à croire
Qu'avant de traverser la mer,
Revoir un sol, foyer de gloire,
Tu pourrais, près de nous, mon cher,
Au sein d'une tendre famille,
Rester encor, au moins huit jours,
Pour assister, dans notre ville,
Aux fêtes d'un brillant concours ;
Mais le ministre de la guerre
Nous ayant fait répondre : Non.
Ce non, fut un coup de tonnerre,
Tu rejoignis ton bataillon.

Les faits passés, en ton absence,
J'essairai de les raconter,
M'appuyant sur ma conscience
Et sur le vrai, sans hésiter.

Je te jure, sur ma parole,
Que jamais, dans notre cité,
L'on vit un comice agricole
Verser tant d'or, donc, de gaité ;
Dès le matin, la foule immense
Envahissait tous les hôtels ;
Ce qui fut, comme bien l'on pense,
Honneur, profit pour nos Vatels *.

Là, des guirlandes gracieuses
Et les armes de la cité (1),
Offraient des devises flatteuses,
En signe d'hospitalité ;
On dressa, pour la circonstance,
Des portiques chargés de fleurs ;
Partout, de distance en distance,
Flottaient les trois nobles couleurs.

---

* Célèbre maître d'hôtel du grand Condé, et dont la fin fut si tragique.

Pendant la messe, une musique (2)
Nous révéla plus d'un talent;
Puis, on quitta la basilique
A la suite du président.

Sur notre vaste champ de foire,
Les CHAROLAIS, les MORVANDEAUX (3)
Se montraient dans toute leur gloire
Et restaient paisibles rivaux.

De l'homme, la noble conquête,
Ce fier, ce fougueux animal
Avec orgueil portait la tête....
Buffon parle ainsi du cheval.

Point ne veux passer sous silence
Les riches troupeaux de moutons,
Il y aurait inconvenance,
Pour excuses, point de raisons.

Les descendants de la monture
Du modèle des écuyers *,

* Sancho-Pança.

Étaient nombreux, plus d'un l'assure ;
Aussi les prix et les lauriers
Auraient manqué, si le comice,
Aux ayant-droit faisant raison,
Eût cru devoir, par pur caprice.......
Chut ! trop parler, n'est jamais bon.

Suivant l'antique et saint usage,
On couronna l'heureux vainqueur,
Sur l'avis d'un aréopage (4),
Source de justice et d'honneur.

Un disciple * du grand Carême (5),
Si j'en juge par le talent,
Nous offrit un banquet suprême
Et nul regretta son argent.

Ce qui me plaît dans un comice
C'est le prix du vieux serviteur (6),
Maître et valet, sans injustice,
Peuvent s'en partager l'honneur.

Toujours la parole éloquente
Du noble et digne président,

* M. Walsdorff.

De tous, répondant à l'attente,
Fit naître un vif ravissement ;
Quand il parla d'agriculture,
On reconnut un orateur,
Il sut en faire une peinture
De la plus suave couleur.

D'un administrateur habile *,
Nous applaudîmes les discours,
Car il parla de notre ville,
Comme un amant, de ses amours ;
C'était aussi la récompense
De ces travaux intelligents,
Que la sagesse et la science
Chez lui, font naître à tous moments.
Une allocution charmante
Fit vibrer plus d'un noble cœur,
Aussi, lors de sa fin touchante,
Cria-t-on : Vive l'Empereur !

Mais le temps presse, adieu, la table,
Adieu, spirituels discours,
L'ami du beau, du confortable
Y pensera souvent, toujours.

* M. le Préfet.

On goûta le plaisir d'entendre
Plus d'un honorable orateur,
Je ne veux, ni prétends apprendre,
Que l'éloquence part du cœur;
Un seul Zoïle (7) osa médire,
Un seul... passe pour cette fois,
N'écrivant point une satire,
Laissons intact notre carquois.

Phœbus achevait sa carrière
Au grand regret des spectateurs,
Soudain une vive lumière ·
Fit doucement battre les cœurs;
Un superbe feu d'artifice,
Œuvre d'un maître de Paris *,
Éclairait le champ du comice;
On se quitta charmés, ravis.

De la divine Terpsichore,
Le temple était orné de fleurs,
Ces produits du règne de Flore
Flattaient les yeux, non moins les cœ
Au bal, on croyait voir les Grâces
Se livrer à de doux ébats;

* Ruggieri.

Vénus, voulant suivre leurs traces,
Ne l'aurait fait que pas à pas.
POLKA, LANCIERS brillaient encore
Au gré des élégants danseurs,
Quand, sur son char, on vit l'Aurore,
Plus d'un, dit-on, versa des pleurs.

Une musique harmonieuse
Prouva, dans cette occasion,
Qu'il régnait une entente heureuse
Entre Moulins, Château-Chinon ;
Un détachement honorable
De ses intrépides pompiers (8)
Vint prendre place à notre table....
Bacchus leur offrit ses lauriers.

Avec respect, sur la poitrine
De maint sage administrateur,
De vieux guerriers, à noble mine,
On contemplait la Croix-d'Honneur.
La médaille de Sainte-Hélène,
Souvenir de gloire et de deuil,
Apparaissait, hélas ! à peine,
Mais portée avec juste orgueil.

Disons encor, sans hyperbole,
Que dans ce jour, notre GUIGNON (9),
Céda sa place au cher Pactole,
Et que plus d'un le trouva bon.

Deux noms manquaient à cette fête,
Deux noms, l'honneur du Nivernois (10) :
Un jour, elle sera complète,
Soyez-en sûrs, chers Moulinois.

Chacun gardera la mémoire
De ce bel et brillant concours,
Il marquera dans notre histoire,
Comme l'un de ses plus beaux jours.

————————⤞•⤝————————

NOTES.

(1) Et les armes de la cité.

Armes de la ville de Moulins-Engilbert : De gueules à une croix ancrée d'or. (*Armorial de l'ancien duché de Nivernais*, par M. le comte G. DE SOULTRAIT.

(2) La musique de la ville de Château-Chinon, sous la direction d'un habile professeur, M. Gohier.

(3) Les Charolais, les Morvandeaux.

Les races charolaise et morvandelle croisées produisent cette excellente espèce bovine, connue sous le nom de charolaise.

(4) Sur l'avis d'un aréopage.

Faisaient partie de la commission, MM. V. Thollé, Massin (de Pront), Eugène Panné, Thirault (de Dommartin), Frédéric Massin, Berthelmot, Boyer, Lafaye fils.

(5) Un disciple du grand Carême.

Carême, célèbre cuisinier ; restaurateur de l'art culinaire en France ; mort à Paris, en 1833, à l'âge d'environ cinquante ans.

A propos d'une notabilité culinaire, mais toute locale, j'ai dit, il y a de cela un certain nombre d'années :

> Jamais à table, chez Ricard,
> J'ai pris mon air de vieux grognard.

(6) C'est le prix du vieux serviteur.

Honneur au Morvan !!! Sur cinq prix , il en a remporté trois ; au surplus, les cinq lauréats sont du canton.

(7) Un seul Zoïle, etc., etc.

Envieux , mauvais critique.

(8) De ses intrépides pompiers.

Château-Chinon avait envoyé un détachement de ses braves pompiers , toujours si remarquables par leur bonne tenue , leur zèle et leur empressement à se porter sur le théâtre d'un incendie. Ce détachement était commandé par M. Bordet, dont la poitrine est ornée de plusieurs médailles , juste récompense.

(9) .... Notre Guignon.

Le Guignon est le nom si euphonique de l'une de ces deux modestes rivières qui serpentent dans Moulins-Engilbert ; pour ce qui regarde le Pactole , nous serons sobre de détails , tant nous craindrions de faire venir l'eau à la bouche de plus d'un lecteur , en parlant d'un fleuve qui roule de l'or.

(10) Deux noms, l'honneur du Nivernais.

Ces noms étaient dans toutes les bouches : M. Dupin aîné, et Son Excellence M. Delangle, ministre de l'intérieur.

NEVERS. — IMP. DE I.-M. FAY.

NEVERS

TYPOGRAPHIE DE I.-M. FAY

Rue des Ardilliers